6'75

W0466994

La noche de la reina Berenguela

Camaleón

La noche de la reina Berenguela

XOSÉ A. NEIRA CRUZ

Ilustraciones KIKO DA SILVA

PLANETA & OXFORD

© del texto, Xosé Antonio Neira Cruz, 2005
© de las ilustraciones, Kiko da Silva, 2005
© Editorial Planeta, S. A., 2005
Avda. Diagonal, 662-664, 08034 Barcelona
© Oxford University Press España, S. A.
Parque Empresarial San Fernando. Ed. Atenas. 28830 Madrid
Oxford es una marca registrada de Oxford University Press

Primera edición: marzo 2005
Segunda impresión: agosto 2005
Tercera impresión: enero 2006
ISBN-13: 978-84-9811-005-0
ISBN-10: 84-9811-005-X
Depósito legal: M. 4.754-2006
Impreso por Brosmac
Impreso en España – Printed in Spain

No se permite la reproducción total o parcial de este libro ni su incorporación a un sistema informático, ni su transmisión en cualquier forma o por cualquier medio, sea éste electrónico, mecánico, por fotocopia, por grabación u otros métodos, sin el permiso previo y por escrito de los titulares del *copyright*. La infracción de los derechos mencionados puede ser constitutiva de delito contra la propiedad intelectual (Arts. 270 y siguientes del Código Penal).

FICHA BIBLIOGRÁFICA

NEIRA CRUZ, Xosé Antonio
La noche de la reina Berenguela, Xosé Antonio Neira Cruz ;
ilustraciones de Kiko da Silva – 3ª impresión – Barcelona:
Planeta & Oxford, 2006
Encuadernación: rústica ; 120 págs. ; il. b/n ; 13 x 19,5 cm –
(Camaleón. Serie verde ; 14. A partir de 10 años)
ISBN-13: 978-84-9811-005-0
ISBN-10: 84-9811-005-X
087.5: Literatura infantil y juvenil
821.134.2-3: Literatura española. Novela
Tratamiento: fantasía. Tema: historia y culturas

Para Aicha, que me ayudó
a soñar esta obra

SOBRE LEYENDAS E HISTORIA

En un rincón de la Capilla de las Reliquias de la Catedral de Santiago se encuentra la tumba de la reina doña Berenguela, hermoso sepulcro de comienzos del siglo XIII que perpetúa en piedra la mítica belleza que, según los dichos y las crónicas, distinguió en vida a la esposa de Alfonso VII, rey de Galicia, León y Castilla.

Una antigua tradición compostelana cuenta que la reina Berenguela se despierta de su sueño pétreo todas las noches del 24 de julio. Cuando la plaza del Obradoiro se llena de gente dispuesta a ver los fuegos del Apóstol y toda la ciudad de Santiago arde en fiesta y bullicio, la bella reina sale de su sepultura y recorre, feliz y libre, la ciudad que tanto amó en vida. Sigue contando la leyenda que, en esa noche mágica, todas las mujeres que encuentren en su camino a la reina recibirán en don la mítica belleza por la cual Berenguela fue siempre loada. De ahí que, entre los compostelanos entrados en años, aún se estile decir de una joven guapa y atractiva que «va hecha una Berenguela».

Para encontrar el referente histórico de esta leyenda debemos recuperar la figura de Berenguela de Barcelona (1106-1148), hija de Ramón Berenguer III, conde de Barcelona, y de su primera esposa, María Rodríguez de Vivar, hija del caudillo medieval Rodrígo Díaz de Vivar, más conocido por el sobrenombre de El Cid Campeador. La princesa Berenguela se casó en Saldaña, en 1128, con el rey Alfonso VII (1105-1157), hijo de la reina Urraca de León y Castilla y del príncipe Raimundo de Borgoña, conde de Galicia. Alfonso VII nació en Caldas de Reis (Pontevedra) y fue criado en Galicia por don Pedro Froilaz, conde de Traba. Este noble gallego, apoyado por la nobleza local —contraria a doña Urraca—, y con el consentimiento de Diego Gelmírez, arzobispo de Compostela, promovió la coronación de Alfonso, todavía niño, como rey de Galicia, hecho que aconteció en 1111. Esta iniciativa despertó la ira de la madre del nuevo monarca, mujer contradictoria y problemática, al verse desposeída de uno de sus reinos más preciados. Posteriormente, se restablecieron las relaciones entre madre e hijo, aunque éstas nunca fueron fáciles. Tras la muerte de la reina Urraca, acaecida en 1126, Alfonso asume también las coronas de los reinos de León y de Castilla.

Del matrimonio de Alfonso VII y Berenguela de Barcelona nacieron cuatro hijos: los infantes Fernando y Sancho (que serían, a la muerte de su padre, reyes de Galicia y León y de Castilla, respectivamente) y las infantas Constanza y Beatriz.

La reina Berenguela destacó por su activo papel en la conquista de Toledo a los almohades y por su apoyo al culto a Santiago, como lo prueba el hecho de haber escogido la catedral compostelana como lugar para su sepultura.

El pueblo de Santiago siempre ha guardado memoria de esta reina hermosa a la que, por medio de la leyenda citada, devuelve a la vida una vez al año, en el día de la fiesta mayor de la ciudad.

SOBRE LA FARSA QUE SIGUE

La obra de teatro que presentamos a continuación no pretende ser fiel a la historia ni a las leyendas de las que parte, aunque beba de una y otras, y en ambas sustente buena parte de sus contenidos. Con todo, una tercera y una cuarta pata de esta pieza dramática están basadas en la fantasía y en el sueño, ingredientes más que necesarios cuando se pretende llenar de teatro la vida y de vida el teatro. Tengan pues, en cuenta, vuesas mercedes, este aspecto antes de sacar conclusiones sobre el espectáculo que comenzará en cuanto se sienten en sus butacas y se dispongan a pasar las páginas del texto que tienen en las manos.

SOBRE LOS PERSONAJES

Doña Berenguela, dama joven y hermosa, de tez de nácar y mejillas de cereza, que viste con las gasas y los velos propios de las hadas o de las princesas medievales. Es dulce y noble de corazón, y sufre la soledad de las almas incomprendidas. Su mayor deseo es volar.

Rey Alfonso, hombre avejentado y barrigón, un poco torpe y bastante necio, al que, a cada paso que da, le salta la panza como si tuviera una rana nerviosa prisionera entre las paredes de su vientre de barril. Devoto admirador de la belleza de su esposa, la reina Berenguela, a la que, sin embargo, no comprende. Se viste a la usanza de los reyes medievales.

Doña Urraca, madre del rey Alfonso y anterior reina, muerta hace años, pero viva en el recuerdo de los que la temieron y la temen. Merodea por las salas del castillo en frecuentes apariciones fantasmagóricas, en las que la vieja reina, comida por los celos y la ambición, alterna el físico de mujer pajarraco (con galas de viuda orladas de plumas negras y blancas) con la apariencia de una urraca maléfica.

Diego Gelmírez, arzobispo de Compostela, hombre entre astuto y galante, siempre temeroso de ser desarzobispocompostelanizado por el rey. Vive muy preocupado por el creciente deterioro de su gallardía física. La elegancia de sus pomposos hábitos de arzobispo es, de hecho, conocida urbi et orbi.

Conde de Traba, ayo del rey Alfonso y lugarteniente de sus tropas. Anciano largo como un día sin pan y flaco como el mango de un paraguas, viste un amplio sayal y porta casco y escudo de guerrero. Cuando anda, parece que flota en el aire, de donde recoge las ideas más peregrinas y los proyectos más absurdos para desarrollar en el campo de batalla; proyectos e ideas a los que el rey siempre da crédito.

Isidora y **Eleonora**, damas de la corte, las dos entradas en años, chismosas y parlanchinas. Como buenas alcahuetas, ora son como uña y carne, ora están a matar entre ellas. Se visten con las galas de las viejas amas medievales, a medio camino entre los hábitos de las monjas y los vestidos de las damas nobles ancianas.

Dorotea, doncella de doña Berenguela, astuta y fiel a su señora, a la que desea ayudar en todo momento. Su forma de hablar es, a veces, sorprendentemente anacrónica, incluso para ella misma. Como tantas muchachas, se adelanta a su tiempo. Viste con sencillez.

Juglar Reinaldos, joven gallardo e impulsivo, un poco alocado, de alma sensible tocada por la poesía, la cual es su oficio y arte. Herido de amor por doña Berenguela, a la que vio un día en unas justas, recorre el reino en su **caballo Sinforoso**, quien ha aprendido a replicarle y a llevarle la contraria en todo lo que dice y hace. A pesar de todo, son buenos compañeros.

Fray OdranoeL, copista y servidor de Gelmírez, para quien escribe y reescribe la historia a la medida de las ambiciones del arzobispo. Inventor atribulado de cientos de ingenios que no parecen servir para nada, fray OdranoeL es un genio incomprendido al que todos desprecian, excepto la buena reina Berenguela, que se compadece de él.

Paloma, niña de unos nueve años, tímida y solitaria, que no consigue integrarse ni ser aceptada en el grupo de los niños y niñas de su calle, lo cual le produce una gran tristeza.

Viejo de las palomas, anciano que anda por la calle cargado de bolsas en las que lleva todo su mundo de hombre pobre, loco y feliz. Recoge lo que encuentra y los demás han rechazado, y habla con quien lo quiera escuchar. El principal cometido del viejo es dar de comer, todos los días, a las palomas la ración de pan migado que recupera para ellas de los cubos de la basura. Y por eso ya se siente útil y servicial.

Niños y niñas de la calle
Palomas

ACTO PRÓLOGO

Escena 1

Con el telón bajado.

Se oye el zureo de las palomas cuando anidan o crían. El sonido va en aumento y, de pronto, irrumpen volando las palomas, blancas y grises, que recorren todo el espacio del escenario, posándose aquí, picoteando allá, revoloteando de un ricón a otro.

De repente, irrumpe la urraca, emitiendo graznidos secos y metálicos, anuncio de desgracia.

La bandada de palomas huye asustada, salvo una de ellas, la cual, distraída, es atacada por la urraca, que arremete a picotazos contra ella.

Al alboroto que producen las dos aves —la palo-

ma pidiendo ayuda, la urraca causándole daño— acude el viejo de las palomas, que corre a socorrer a la atacada.

Viejo de las palomas: ¡Largo! ¡Fuera! ¡Vete de aquí, malhechora, portadora de miedo...!

La urraca intenta enfrentarse al viejo de las palomas, volando sobre su cabeza. Durante un momento se persiguen mutuamente —casi no se sabe quién a quién— a lo largo del proscenio.

Viejo de las palomas: ¡Descastada! ¡Reina de las tinieblas! ¡Engendro del diablo! ¡Vete y no vuelvas más!

Finalmente, el viejo consigue espantar a la urraca, que desaparece por un extremo del escenario.

Viejo de las palomas *(hacia el lugar por donde ha desparecido la urraca)*: ¡Mal rayo te parta, renegada! *(Volviendo a donde yace la paloma herida, a la que recoge con ternura.)* ¡Corazón mío! ¿Qué te ha hecho la urraca mala, mi vida? ¡Ay, que casi la mata, la muy desgraciada! Ya lo dice el refrán: urracas negras, reinas de las tinieblas. *(Hacia el público, al que se acerca llevando la paloma entre las manos.)* ¿Habéis visto cómo la ha atacado? Las urracas siempre han odiado a las palomas, siempre. ¿Por qué? No lo sé con certeza... Hay quien dice que por envidia, o por celos. La envidia y los celos son terribles, hijos míos. Secan todas las alegrías de la vida.

Mientras habla con el público, se va abriendo el telón.

Escena 2

Queda a la vista un rincón de la plaza de la Quintana, de Santiago de Compostela, con la escalinata de piedra sirviendo de graderío y con la silueta de la catedral al fondo.

En off, se oyen las voces de niños y niñas que juegan y cantan.

Una niña está sentada en primer plano, sola. Es Paloma.

Niños y niñas *(en off)*:

La reina Berenguela
güi, güi, güi,
como está loca
trico, trico, trí
como está loca
lairó, lairó, lairó, lairó, lairó.
No tiene más que aire
güi, güi, güi,
bajo la toca
trico, trico, trí,
bajo la toca
lairó, lairó, lairó, lairó, lairó.

Viejo de las palomas *(volviendo la cabeza hacia donde cree que pueden estar los niños y niñas que cantan, y hablando con la paloma que sostiene en la mano)*: ¿Has oído lo que dicen, palomita? ¡Hablan de la reina Berenguela! ¿Tú te acuerdas de ella? *(Sigue escuchando.)* ¿Loca? *(Hacia el público.)* ¿He oído bien?

¿Han dicho que la reina Berenguela está loca? *(Corriendo hacia los niños y niñas que cantan.)* ¡No! ¡No digáis eso! La reina no estaba loca...

Primera Niña *(en off)*: Loco lo estás tú...

Viejo de las palomas: ¿Por qué me llamas loco? Yo tampoco estoy loco...

Segunda Niña *(en off)*: Sí que lo estás. ¡¡Viejo de las bolsas!!

Viejo de las palomas: ¿Y qué hay de malo en llevar bolsas? En ellas tengo toda mi vida...

Niño *(en off)*: En ellas tienes mierda y piojos.

Viejo de las palomas *(angustiado)*: No es verdad...

Niñas y niños *(en off, se ríen a carcajadas y corean)*:

Mierda y piojos
y muchos rastrojos
recoge a montón
el viejo simplón

Viejo de las palomas *(llorando)*: No digáis eso, ¿yo qué daño os he hecho?

Niñas y niños *(en off)*:

Mierda y piojos
en pelo y en ojos,
en pies y en manos
del viejo marrano

Entra la bandada de palomas y se dirige hacia el lugar en donde previsiblemente están los niños. Se oye cómo éstos se asustan y huyen corriendo.

El viejo se queda llorando, en medio de la plaza, con sus pobres pertenencias esparcidas por el suelo. Empieza a recogerlas sin dejar de gimotear.

En ese momento, Paloma, la niña que ha presenciado toda la escena desde su rincón, se levanta y se acerca al viejo de las palomas con intención de ayudarlo.

Paloma: ¿Puedo ayudarle, abuelo?

Viejo de las palomas *(temeroso)*: ¿Y tú quién eres?

Paloma: Soy Paloma...

Viejo de las palomas *(sonriendo)*: ¡Paloma! ¿Eres una paloma? *(Reparando en la paloma que protege con las manos.)* ¿Ves lo que le hizo la urraca mala a esta palomita? Está herida. Como ahora me han herido a mí esas otras urracas...

Paloma: No eran urracas, abuelo, son niños y niñas como yo...

Viejo de las palomas: Eso parecían, pero no. Ellos llevan dentro la urraca del miedo.

Paloma: ¿Qué es la urraca del miedo?

Viejo de las palomas: Es un pajarraco negro y feo que, cuando se te posa en el corazón, te llena de tristeza.

Paloma: Entonces, yo también llevo esa urraca dentro...

Viejo de las palomas: ¿Por qué lo dices, pequeña mía? ¿Acaso estás triste?

Paloma *(con tristeza)*: Un poco...

Viejo de las palomas *(preocupado)*: ¿Cómo es eso? A ver, mírame... *(Alegrándose.)* No, tú llevas la paloma de la vida en la mirada.

Paloma: Me dejan sola. No quieren que juegue con ellos...

Viejo de las palomas *(señalando hacia el lugar por donde se supone que han desaparecido los otros niños)*: ¿Quiénes? ¿Las urracas?

Paloma: Dicen que no sirvo para jugar, que no sirvo para nada...

Viejo de las palomas: ¿Cómo no vas a servir...? ¡A quien se le cuente! Lo que son capaces de liar las urracas con tal de hacer daño...

Paloma: Ni para dar a la cuerda me quieren...

Viejo de las palomas: No te apures, hija. Te temen...

Paloma: ¿Ellos a mí?

Viejo de las palomas: Lo mismo le pasaba a la reina Berenguela. Por eso la llamaban loca. Porque la temían...

Paloma: ¿Quién fue la reina Berenguela?

Viejo de las palomas: Una dama muy importante. Reinó en estas tierras. Era la mujer más hermosa de todas.

Paloma: ¿Tú la conociste?

Viejo de las palomas *(guarda silencio, como haciendo memoria)*: Quizás sí... No lo sé, ahora ya no lo recuerdo. Han pasado muchos, muchos años desde entonces...

Escena 3

Se atenúa la luz y empieza a oírse una leve música medieval. Un foco ilumina el lugar donde se encuentran el viejo de las palomas y Paloma; otro enfoca a la cubierta de la catedral, que aparece figurada en el fondo del decorado.

Paloma: ¿Como cuántos años?

Viejo de las palomas: Ufff... Muchísimos. Tantos como antigua es la catedral de Santiago. ¿Tú sabías que dentro de esta catedral hay una dama que duerme su sueño de piedra?

Paloma: No.

Viejo de las palomas *(bajando la voz, como para hacer una confidencia)*: Una vez al año, en la noche de los fuegos artificiales del Apóstol Santiago, cuando toda Compostela arde en fiesta, la hermosa dama despierta de su sueño y sale a dar un paseo...

De pronto, el cielo sobre la catedral se ilumina con los fuegos del Apóstol y aparece recreada en el escenario la noche del 24 de julio, vista desde la

Quintana, claro está. La música cobra mayor intensidad cuando se ve aparecer, sobre los tejados de la catedral, la blanca figura de una dama ataviada a la usanza medieval, que pasea entre las torres y los pináculos. Se trata de doña Berenguela.

Paloma *(con miedo)*: ¡Es un fantasma!

Viejo de las palomas: Sí y no, pequeña. Pero no hay que tenerle miedo. Miedo hay que tenérselo a las urracas, no a las palomas.

Paloma *(sorprendida e incrédula)*: ¿Es... la... reina Berenguela?

Viejo de las palomas: He ahí a la dama que recorre Compostela abriendo un río de belleza a su paso. La belleza por la que siempre fue reconocida…

Paloma: ¡Qué guapa es!

Viejo de las palomas: Guapa y generosa. Pues todas las mujeres que encuentre en esa noche mágica del 24 de julio se quedarán contagiadas de la belleza de paloma que ella siempre tuvo.

Paloma: ¿Y cómo es eso posible?

Viejo de las palomas: Por obra de la noche y

gracia de doña Berenguela. Pero para eso tuvieron que pasar antes muchas cosas. Muchas desgracias y muchas tristezas. También algún que otro gran prodigio...

Doña Berenguela desciende de los tejados de la catedral y se pierde por una calle al fondo del decorado.

Paloma: ¡Oh!
Viejo de las palomas: ¡Pero no hay que confiarse! ¡Nunca hay que bajar la guardia!
Paloma: ¿Por qué?
Viejo de las palomas: ¡No olvides que la urraca puede volver a aparecer en cualquier momento!
Paloma: ¿La urraca?

En ese momento se oyen los graznidos amedrentadores de la urraca, que revolotea sobre la catedral.

El viejo de las palomas apremia a Paloma para recoger las cosas y salir de prisa.

Viejo de las palomas: La urraca, sí, la urraca... ¡A prisa! Es hora de huir...

Se cierra el telón.

ACTO I

Escena 1

Con el telón cerrado.

Árboles a ambos lados del proscenio, representando un bosque.

En el silencio, se oyen los cascos de un caballo que se acerca.

Sin que éstos se vean en escena, empieza a oírse la voz de los personajes.

Juglar Reinaldos:

Por los caminos que llevan
a la Villa del Rey
cabalga el juglar Reinaldos
del que yo algo me sé.

No hay en todos los reinos
voz que se le pueda comparar,
ni hay tañedor de cítara
que como él sepa musicar.
Pero el alma de este juglar Reinaldos
doliente está y enamorada
desde que en su corazón no cabe
nadie más que su dama amada...

Aparece en escena el juglar Reinaldos montado en Sinforoso. El caballo no es muy grande, ni tampoco está bien alimentado, pero es capaz de cargar con el juglar, con la cítara y el laúd de éste, con un hatillo repleto e incluso con una jaula de madera en la que duerme una paloma blanca, todo lo cual figura sobre sus ancas como una torre en difícil equilibrio.

Caballo Sinforoso *(con voz de cansado, entre relinchos)*: ¿Aún falta mucho para llegar, señor?

Juglar Reinaldos: Ya no puede faltar mucho, Sinforoso.

Caballo Sinforoso: Mirad que estoy cansado

de andar y de cargar con vos, señor. A ver si pensáis en aminorar vuestro alimento, que en los últimos tiempos pesáis un poco en exceso...

Juglar Reinaldos: No te quejes, Sinforoso. No me gusta que seas pusilánime. Yo siempre he sido caballero de peso ligero y cuerpo gallardo.

Caballo Sinforoso *(jadeando)*: También yo fui potro brincador en la cuadra de mi señora madre. Y ya veis en qué he venido a dar...

Juglar Reinaldos *(sigue con su letanía sin tener en cuenta las opiniones de su corcel)*: Siempre he sido yo galán de damas muy bien servido...

Caballo Sinforoso: Ya lo decía la difunta de mi yegua: nunca sirvas a quien sirvió...

Juglar Reinaldos: Y siempre he sabido sacar provecho de mi condición de doncel deseado...

Caballo Sinforoso: Entre torda y tordilla, mi abuela era de Sevilla...

Juglar Reinaldos: Mas, de un tiempo a esta parte, mi alma agoniza entre cuitas, mi bien amado Sinforoso.

Caballo Sinforoso *(hacia el público)*: No hay cosa que más me reviente que, después de todo lo dicho, me llame amado. Encima de burro, apaleado...

Juglar Reinaldos: El aire ha dejado de existir para mí...

Caballo Sinforoso: Y para mí hace un mundo que dejó de existir la cebada.

Juglar Reinaldos: ...pues desde que la vi mi corazón ya no conoce descanso.

Caballo Sinforoso *(hacia el público)*: Si sólo fuera su corazón. Mis pezuñas son las que no encuentran descanso desde que la vio...

Juglar Reinaldos: Tal acaeció en la villa de Saldaña, adonde había sido convocado, junto con otros juglares, con ocasión de las bodas entre el rey Alfonso y la princesa Berenguela. Nada más verla llegar con su séquito, doncella prometida, pero aún por desposar, supe que era ella la dueña de mi corazón *(con tono lastimoso y ferviente)*... y rendido caí de amor.

Caballo Sinforoso *(con tono resignado)*: Rendido. Eso digo yo.

Juglar Reinaldos: ¡Para siempre jamás!

Caballo Sinforoso: ¡Renegado sea el herrero! Dios nos coja confesados...

Juglar Reinaldos: ¿Qué dices, Sinforoso?

Caballo Sinforoso: Que sí, señor, que sí...

Juglar Reinaldos: Desde entonces, ando por el reino, cual alma en pena, tras los pasos de la que me robó la vida...

Caballo Sinforoso *(hacia el público)*: Eso de andar, señores, no es más que una licencia poética.

Juglar Reinaldos: Beso el suelo que ella pisó...

Caballo Sinforoso: Después de lamer yo el polvo...

Juglar Reinaldos *(con patetismo)*: Y sufro, sufro tanto de amor...

Caballo Sinforoso *(imitándolo, burlón)*: Ay, Señor, Señor...

Juglar Reinaldos: ¿Decías algo, Sinforoso?

Caballo Sinforoso: Preguntaba si todavía falta mucho para llegar, señor... Hace rato que amenaza con llover. Sólo me faltaría acatarrar las herraduras...

Juglar Reinaldos: No puede quedar mucho

trecho, Sinforoso. Las justas se celebrarán de hoy en dos jornadas, y ya hace tres que nos dicen que falta una para llegar...

Caballo Sinforoso: Preguntad otra vez, mi amo, por el pellejo del caballo blanco del Señor Santiago.

Juglar Reinaldos: Confía en mi palabra, Sinforoso.

Caballo Sinforoso: Mejor confío en la de aquellos labradores, que ya se retiran de los campos porque va a caer una tormenta de un momento a otro y no quieren que los pille al raso, señal de que son gente previsora. Preguntadles a ellos, señor...

Juglar Reinaldos: Lo haré si eso es de tu agrado... *(Gritando hacia el público.)* ¡¡Eh, vos, campesinos, buena gente!! ¿Falta mucho para llegar a la Villa del Rey?

Campesino *(en off, desde fuera del escenario)*: Señor, una o dos carreras de lebrel.

Caballo Sinforoso *(echando cuentas)*: Lo cual en carreras de caballo se traduce en...

Juglar Reinaldos *(a gritos otra vez)*: ¿Podremos llegar para hacer noche a cubierto?

Campesina *(en off, también desde fuera del escenario)*: Podría ser. Si vuestro caballo estuviera bien mantenido y descansado, no como ese saco de huesos que montáis.

Caballo Sinforoso *(ofendido)*: Las apreciaciones personales están de más...

Juglar Reinaldos: No te aflijas, caballito. Tal y como eres de flacucho y esmirriado, aunque no despertaras más que lástima y asco a tu paso...

Caballo Sinforoso *(cortándolo en seco, con sarcasmo)*: Gracias, señor, yo también os quiero mucho...

Juglar Reinaldos *(cogiendo la cítara)*: En prueba de esta general concordia que nos une...

Caballo Sinforoso *(hacia el público, resignado)*: Ahora va y canta, ¿apostáis un fardo de cebada fresca?

Juglar Reinaldos: ...os voy a deleitar a ti y a los pájaros con la última canción de amor que compuse en loor de mi reina doña Berenguela.

Caballo Sinforoso *(caminando hacia uno de los extremos del escenario para hacer mutis con su* *caballero encima)*: ¡Quién tuviera alas como los pájaros!

Comienza a sonar la música de la cítara mientras los anteriores personajes desaparecen de escena.

Escena 2

Se apaga la luz. En la oscuridad se oye la canción en la voz del juglar Reinaldos.

Después de la segunda estrofa se va abriendo lentamente el telón.

La escena representa la sala de un palacio medieval. Al fondo hay una ventana de dos arcos góticos abierta a un paisaje.

En el palacio de Villa del Rey,
de nuestro reino cabecera,
vive la flor que yo más adoro,
rosa de estirpe señera.
Berenguela es su nombre,
Barcelona su nación,
su madre, la hija del Cid,

su padre, el conde Ramón.
No es ella sólo condesa,
reina es para general delicia
pues casó con el rey Alfonso,
señor de León, Castilla y Galicia.
Mas a la dueña de mi corazón
algo hay que la aflije y hace penar,
pues sus ojos garzos y sinceros,
no saben sino llorar.
El rey está preocupado;
la corte murmura sin cesar,
diciendo que doña Berenguela
cansada está de tanto reinar.

Irrumpen en escena las damas Isidora y Eleonora. Traen en las manos la tela para hacer un vestido, que empiezan a desplegar entre las dos con cuidado.

Isidora: ¿Que se ha cansado de reinar? Tú qué dices, mujer...

Eleonora: Lo que estás oyendo, Isidorita. Esta reina nuestra es una caprichosa y una consentida...

Isidora *(mirando a su alrededor)*: Chssss... No

hables tan alto. Que las paredes tienen oídos. Si llegara a oírte el rey Alfonso, tus horas en este castillo estarían contadas.

Eleonora *(desdeñosa)*: Como no ve por otros ojos que por los de doña Berenguela...

Isidora: Mujer, doña Berenguela es su real esposa. El rey está muy prendado de su amor...

Eleonora: No sé yo qué puede tener esa extranjera que no tengamos otras...

Isidora: Es linda como una rosa blanca. Eso no se puede negar...

Eleonora: Las rosas tienen espinas...

Isidora: Baila y canta como ninguna.

Eleonora: A mí me hace doler la cabeza con tanta música.

Isidora: Tiene una conversación agradable.

Eleonora: Repleta de ideas desatinadas, impropias de una reina, por no decir de cualquier mujer.

Isidora: ¿Por qué dices eso?

Eleonora: ¿Acaso te parece normal que una reina no se interese por las joyas y los vestidos?

Isidora: Doña Berenguela es una mujer sencilla.

Eleonora: ¿Y qué me dices de ese desvarío que le ha entrado de no querer salir de sus aposentos?

Isidora: La reina no es feliz.

Eleonora: ¡Pero si lo tiene todo! A ver, ¿qué le falta?

Isidora: No lo sé, Eleonora, no lo sé. El caso es que no está bien. Se pasa el día llorando.

Eleonora: Para mí que la reina Berenguela está loca de atar.

Isidora: No digas maldades...

Eleonora *(como revelando un secreto)*: Aparte de otras rarezas... ¡habla sola!

Isidora: ¿Que habla sola? Será que reza...

Eleonora: No reza, no. Sus palabras no son de oración...

Isidora: ¿Entonces de qué son?

Eleonora: Ah, yo no quiero hablar, que después todo se sabe.

Isidora: En ese caso cierra el pico, que quizás incluso resultes más galana.

Eleonora: Lo cierto es que sólo los locos hablan solos....

Isidora: ¿Los locos...? No... Hablan solos los

que tienen muchas cosas que decir y a nadie que los escuche...

Eleonora: Pero si aquí todo el mundo está dispuesto a escuchar a doña Berenguela...

Isidora: Todos no son nadie cuando falta lo que no debe faltar. *(Con tristeza.)* ¿Sabes, Eleonora? No envidio en nada la suerte de nuestra reina. Creo que es una mujer desgraciada. Lo lleva escrito en los ojos...

Mientras Eleonora e Isidora pronuncian las últimas palabras, se va cerrando en parte el telón, o bien se cierra un telón intermedio que va a funcionar de separador o de tabique entre dos cuartos contiguos. El caso es que, mientras seguimos viendo en el fondo a las dos mujeres que hablan, en primer plano comienza a desarrollarse la siguiente escena.

Escena 3

Aparece sigilosamente Dorotea, asoma la cabeza por el borde del telón, mirando a las mujeres. Después mira al público.

Dorotea: ¡Éstas no paran de largar! ¡Vaya par de cotorras! *(Le pregunta al público.)* ¿Cuánto tiempo llevan ahí parloteando?

Público *(se entiende que le responderán que mucho tiempo).*

Dorotea: ¿Tanto? Hay que ser cotillas... Y seguro que le han sacado el pellejo a más de una. *(Con resolución.)* A mí, por ejemplo, no me pueden ni ver en pintura... Como soy la favorita de la reina Berenguela... *(Haciéndoles gestos a las otras.)* ¡¡Chincha rabincha!! *(Hacia el público.)* ¿Veis este vestido? Me lo ha regalado ella. ¿A que mola? Y este fin de semana libro... *(Carcajada.)* Como ha vuelto mi novio del campo de batalla con el rey, la reina me permite que vaya por ahí de rule. Tiene entradas para ver a los «Rollingus Stonicus», un grupo de trovadores muy guay. Nos lo vamos a pasar chachi. *(Con voz ensoñadora.)* Mi novio es tan guapo... Cuando se saca la armadura, claro.

Suena una campanilla al fondo.

Dorotea: ¡Ay, ésa es mi señora, que me llama! La pobre está un poco chunga. Me dijo que ya le gustaría a ella poder ir al concierto. Yo le respondí que viniera con nosotros, que en la parte de atrás del caballo cabe de sobra... Pero ella dijo que no, que no puede. Claro, como es la reina... Es que eso del protocolo es una pringada...

Suena de nuevo la campanilla.

Dorotea *(asomándose a uno de los extremos)*: ¡¡Voy, señora!! Esperad un momento, que ya estoy llegando. *(Hacia el público.)* Es que se siente muy sola, la pobrecilla. ¿Y cómo se va a sentir? Lejos de su país y de su familia, rodeada de lechugas como ésas *(señala a Isidora y Eleonora, que siguen hablando al fondo)*, que no hacen más que murmurar a sus espaldas, y con su marido siempre fuera.... Porque el rey Alfonso se pasa la semana de batalla en batalla. Hasta la cofia me tiene con tanta batalla. Y a mi novio, ni os cuento... Y para un fin de semana que viene y que podrían ir los dos por ahí, así como voy a hacer yo con mi chico, al rey no se le ocurre mejor idea que organizar unas justas. ¡¡Con lo aburridas que son las justas y con lo pasadas de moda que están!! Y con lo poquito que le molan a doña Berenguela... En fin, que la pobre está de morros... Y no es para menos. Ha dicho que ella, en este plan, no reina.

Suena de nuevo la campanilla, ahora insistentemente.

Dorotea *(asomándose de nuevo a un extremo de la escena)*: ¡¡Ya estoy llegando, señora!! Un poquitín de paciencia, que ya subo. *(Hacia el público.)* Me voy corriendo, que hoy está medio mosca. Bien, lo de corriendo es un decir, porque con el montón de escalones en caracol que hay que subir para llegar a lo alto de la torre... Ya son ganas de fastidiar al personal, no me digáis. Con lo ricamente que estaría aquí, más abajo, a disposición de todos... Pues no, ella allá arriba, como los búhos. Yo creo que es para que el rey tenga que hacer gimnasia cuando va a visitarla, que buena falta le hace, con ese barrigón que está criando. Pero a mí... *(da una vuelta sobre sí)*, ¡con lo espigadita que ya estoy! Me voy a quedar en los huesos con tantos escalones. A ver cuándo fray OdranoeL se deja de idear máquinas absurdas que no sirven para nada y se le ocurre inventar el ascensor que le pedimos. ¡¡Que me tiene frita esa escalera!!

Hace ademán de salir cuando entra en escena el rey, precedido de su vientre saltarín y seguido del conde de Traba.

Escena 4

Rey Alfonso: ¡Dorotea! ¡Dorotea! Espera un momento...

Dorotea *(volviéndose, habla primero hacia el público)*: ¡Oh, el rey! Seguro que me endosa alguna encomienda... *(Hacia el rey, haciendo una reverencia.)* Majestad, ¿ordenáis algo?

Rey Alfonso: Dime, ¿cómo está la reina hoy?

Dorotea: Chunga, señor.

Rey Alfonso: ¿Cómo dices?

Dorotea *(adoptando un tono formal y protocolario)*: Quiero decir que sigue indispuesta, majestad.

Rey Alfonso: ¿Sabes si hoy va a bajar de sus aposentos?

Dorotea: Creo que no, señor.

Conde de Traba: ¿Tampoco va a hacernos el honor de acompañarnos a la hora de comer?

Dorotea: No, señor conde. La reina está a dieta.

Rey Alfonso: ¿A dieta, dices? *(Tocándose la barriga.)* Eso es una... una... una... *(Mira hacia el conde.)*

Conde de Traba: ¿Una mala idea, quizás?

Rey Alfonso: ¿Cómo que una mala idea? ¡¡Una insensatez!! Hay que comer para ser felices...

Conde de Traba: Vuestra majestad tiene toda la barrig... quiero decir, tiene toda la razón del mundo.

Dorotea: La reina prefiere ayunar antes que bajar a almorzar. Dice que no volverá a comer hasta que vos subáis a visitarla.

Rey Alfonso: Pero ¿por qué me hace esto, por qué? Sabe de sobra que no me gusta subir escalones. Llego cansado de la guerra y lo último que me apetece es andar escalera arriba escalera abajo como un saltimbanqui.

Conde de Traba: Sería una imprudencia hacerlo en vuestro estado...

Suena la campanilla insistentemente.

Dorotea: Con vuestro permiso, mi señora me llama...

Rey Alfonso: Espera un instante *(Empieza a buscar debajo de su túnica, debajo de la capa, debajo de la corona; en todo esto es ayudado por el conde de Traba.)* Llévale... llévale a la reina de mi parte este pequeño recuerdo que le he traído de la plaza que he conquistado esta semana. *(Le ofrece un gran bocadillo de chorizo.)*

Dorotea: ¿Un bocata de chorizo, señor? A la reina no le va a gustar. Le sientan mejor los de huevo duro con lechuga...

Rey Alfonso *(saca más y más bocadillos y otros alimentos de debajo de sus ropajes)*: De ésos no tengo. Pero el de chorizo está muy rico. Pensándolo mejor, llévale este pastel... *(Le cambia el bocadillo de chorizo por un pastelillo de chocolate.)*

Conde de Traba *(susurrándole al oído)*: Ése no, señor, que trae cromos y puede que no los tengamos...

Rey Alfonso: Cuánta razón tenéis, conde. *(Enfadándose.)* Le vas a llevar esto y no se hable más. *(Le ofrece un huevo.)*

Dorotea: ¿Un huevo, señor?

Rey Alfonso *(resuelto)*: Un huevo, sí. Y le dices de mi real parte a la reina que como siga sin bajar a comer conmigo, antes nacerá un pollito de ese huevo que subir yo a buscarla a su torre. He dicho.

Dorotea desaparece de escena por la derecha, llevando el huevo. El rey y el conde de Traba empiezan a caminar hacia la izquierda, para salir también.

Conde de Traba: Muy bien dicho, majestad. Pero que muy bien dicho...

Rey Alfonso *(dudoso)*: ¿He quedado bien?

Conde de Traba: Perfecto, majestad. ¡Ideal! La próxima vez, eso sí, deberíais gritar un poquito más. Que se note que estáis muy enfadado...

Rey Alfonso: ¿Gritar más? *(Levanta la voz.)* ¿Así? *(Hacia el público.)* Probando, probando... ¿Así se me oye mejor?

Conde de Traba: Mucho mejor, majestad, adónde vamos a parar. Y al mismo tiempo pataleáis, así... *(Lo hace; el rey lo imita sin mucha gracia.)* ¡Entonces ya vais a parecer un emperador!

Salen de escena por la derecha. Mientras hacen esto, el telón intermedio semicorrido se abre del todo, dejando nuevamente a la vista la escena en la que Isidora y Eleonora no han parado en ningún momento de hablar.

Escena 5

Las dos mujeres prosiguen con su interminable conversación. En este tiempo, ya han puesto el ves-

tido que estaban preparando sobre el cuerpo de Eleonora, a modo de prueba.

Eleonora: Tampoco será para tanto... Lo que sucede es que doña Berenguela no nació para sentarse en un trono. Ya no quedan reinas como la finada doña Urraca, loado sea su nombre... He ahí una reina prudente.

Isidora: La manía que le tienes a doña Berenguela no te permite decir la verdad, Eleonora. Pues sabes mejor que yo que, entre las virtudes que orlaban a la madre del rey Alfonso, no se contaba precisamente la prudencia.

Eleonora: Pero era considerada con los demás...

Isidora: Lo mismo que un burro cuando cocea.

Eleonora: Sabía gobernar con mano de hierro...

Isidora: La misma con la que era capaz de apretarte el cuello si no cumplías su capricho.

Eleonora *(nostálgica)*: Ay, aquéllos sí que eran tiempos de abundancia.

Isidora: Lo cierto es que algunas sí quedamos abundantemente hartas de la reina Urraca. Dios la tenga donde le corresponda estar...

En ese momento se oye el graznido de una urraca, que aparece volando y entra por la ventana del fondo, para posarse en el poyo y mirar a las damas, sin dejar de emitir graznidos amenazadores.

Isidora *(asustada)*: ¿Eso qué es?

Eleonora: ¿No lo ves? Una urraca...

Isidora: ¡Qué susto me ha dado! No hay ave que menos me agrade... Es de mal agüero.

Eleonora: ¿Mal agüero? No decías tal en vida de doña Urraca...

Isidora: Sólo a ella le podía gustar este pajarraco carroñero...

Eleonora *(acercándose a la ventana para contemplar a la urraca)*: A mí, en cambio, me agrada, con ese traje blanco y negro que usa... Es un ave muy lista...

Isidora: Y muy ladrona. Todo lo que brilla lo quiere para sí.

Eleonora: En eso tienes razón. Busca el oro y la plata como ningún otro animal...

Isidora: Tal hacía la difunta doña Urraca. No he visto mujer más usurera...

Eleonora: Interesada por los dineros lo era, ciertamente... Pero sabía cómo hacer buen uso de ellos.

Isidora: En su propia conveniencia...

Grazna la urraca y mueve las alas como queriendo entrar en la estancia.

Doña Urraca *(en forma de urraca y con voz semejante a un graznido)*: ¡¡Sucias!! ¡¡Sucias!!

Isidora *(alejándose de la ventana, asustada)*: ¿Has oído lo mismo que acabo de oír yo, Eleonora? Esta urraca acaba de llamarnos sucias...

Eleonora *(desconcertada, pero intentando encontrar una explicación racional)*: Mujer... ¿tú qué dices? Sólo ha graznado...

Isidora *(con intención de marcharse)*: Ah no, yo no quiero tratos con estos bichos...

Eleonora *(reteniéndola)*: No te acongojes, tranquilízate...

Doña Urraca *(de nuevo con voz y apariencia de urraca)*: ¡¡Bellacas!!

Isidora *(asustadísima, haciéndose cruces)*: ¿Otra

vez? ¡¡Santa María!! Esto tiene aspecto de hechizo...

Eleonora *(asustada también ella)*: No sigas con eso, Isidora... Sólo es una urraca. *(Intenta asustarla.)* ¡Achús! ¡Achús! *(La urraca huye.)* ¿Ves? Ya se ha ido. *(Se asoma a la ventana para comprobar que la urraca no está. Justo en ese momento cae un huevo y se le estrella en la cabeza, donde le quedan las cáscaras y la yema.)* ¡Ay, ay...! ¿Esto qué es? ¿Quién me ha tirado un huevo?

Isidora: Lo que yo te decía. Esto es cosa de brujas... *(Desaparece de escena.)*

Eleonora *(enojada)*: La única bruja que aquí hay bien sé yo dónde está. *(Señala hacia arriba.)* Pero me va a oír. ¡¡Por los dientes que me faltan que me va a oír!! *(Sigue a la otra y desaparece.)*

Se cierra el telón.

ACTO II

Escena 1

Con el telón cerrado.

Se oyen los cascos del caballo Sinforoso y suena una melodía que acompaña a la siguiente canción, que canta el juglar Reinaldos.

Juglar Reinaldos *(en off)*:

Presagios hay en el cielo
que envuelven Villa del Rey
palomas volando aviesas,
por una causa que yo no sé.
Metida en su alta torre
vive la reina doña Berenguela,
de luz de luna se alimenta

y de los destellos de alguna estrella.
Berenguela, Berenguela
de todo el reino la más bellida,
apagar querría con este canto
los dolores de vuestra herida.

Aparecen en escena el juglar Reinaldos y su caballo Sinforoso.

Caballo Sinforoso *(jadeando)*: Señor, ¿llegamos o no?

Juglar Reinaldos: Estamos llegando, Sinforoso, en eso andamos...

Caballo Sinforoso: Ya os tengo dicho, señor, que no me agrada mucho vuestro uso del plural, pues lo que se dice andar, sólo ando yo.

Juglar Reinaldos: También yo te he dicho muchas veces que de caballos es andar y de juglares cantar...

Caballo Sinforoso: No sé yo quién establecería ese reparto, señor. Lo que sí sé es que a mí nadie me preguntó si me convenía aceptarlo.

Juglar Reinaldos: Tú y yo, Sinforoso, somos como dos en uno...

Caballo Sinforoso *(hacia el público)*: Eso, no sé por qué, me suena a aceite. Es decir: a asunto resbaladizo.

Juglar Reinaldos: Tú eres el movimiento y el esfuerzo...

Caballo Sinforoso: No hace falta que lo juréis...

Juglar Reinaldos: Yo soy el arte y la poesía, la cabeza que piensa, la galantería caballeresca...

Caballo Sinforoso: ...y la modestia deslenguada.

Juglar Reinaldos: Completa nuestro equipo Rula, que es nuestras alas. *(Señala la jaula que va en lo alto del equipaje, donde sigue durmiendo una paloma blanca que no dice ni pío.)*

Caballo Sinforoso: Yo más bien diría que es nuestro sueño. Pues duerme por los tres...

Juglar Reinaldos: Déjala dormir, mi buen Sinforoso, déjala dormir. Ella ya trabaja cuando nosotros holgamos. Lo está haciendo desde que me eché a los caminos en pos de la reina de mi corazón.

Caballo Sinforoso *(hacia el público)*: Ya volvemos a lo de siempre. Harto me tiene de esos amores que, no siendo los míos, tampoco son siquiera los suyos.

Juglar Reinaldos *(señalando hacia un lugar)*: ¡Mira, Sinforoso! ¡Allá a lo lejos!

Caballo Sinforoso: ¿Qué veis, señor? Reparad en que sois vos el que va sobre mí. Si queréis, le damos la vuelta al cuento y os voy yo describiendo el paisaje.

Juglar Reinaldos: ¡Es la torre del castillo, Sinforoso! Llegando estamos a Villa del Rey.

Caballo Sinforoso: ¿Estáis seguro? Mirad que la última vez que me dijisteis algo parecido —y no fue el primer aviso ni el segundo— acabamos con los huesos molidos por las aspas de un molino de viento. Y vaya si yo os decía que no era un castillo, pero...

Juglar Reinaldos: Ahora sí, Sinforoso. Allí está ella, mi reina. Ya la puedo oír, ya la puedo oler, ya la puedo ver...

Caballo Sinforoso: Santa Lucía os conserve la vista...

Juglar Reinaldos: Galopa, Sinforoso, galopa y corta el viento...

Caballo Sinforoso *(hacia el público, mientras se retira)*: Si cuando yo digo que a los que inventan algunas canciones los pondría a acarrear juglares...

Escena 2

Se abre el telón.

La escena representa el salón del trono del castillo. El rey Alfonso come un enorme trozo de empanada, sentado en su trono, bajo dosel; tiene a su lado, vacío, el trono que le correspondería a doña Berenguela. Sobre el respaldo de este trono está posada la urraca, a la que el rey Alfonso le da pellizcos de empanada de vez en cuando. Las paredes están decoradas con teas encendidas, cabezas de corzos, jabalíes y médicos; en uno de los lados hay una ventana gótica estrecha y alargada. En la sala también están el conde de Traba y el arzobispo Diego Gelmírez, acompañado de su ayudante fray OdranoeL, que sostiene un espejo en el que el arzobispo se mira y remira constantemente.

Conde de Traba *(mirando por la ventana mientras habla con el rey)*: Majestad, se va aproximando el momento de ir a presidir las justas que se celebrarán en honor vuestro y de la reina. En el patio del castillo ya están dispuestos los caballeros participantes.

Diego Gelmírez: ¡Ah! Van a ser unas justas maravillosas, señor. Han llegado jinetes de todos los reinos de vuestra majestad. ¡Qué armaduras! ¡Cuánta elegancia y galanía! Me siento inmensamente satisfecho de haber venido de Compostela ex profeso para tan magno evento... *(Mirándose.)* Espero estar acorde con la magnificencia del momento... ¿Tú qué dices, OdranoeL?

Fray OdranoeL *(con tono cansino)*: Vuestra reverencia está divina...

Diego Gelmírez: ¿Lo dices en serio? La casulla me sienta que ni pintada *(Se da una vuelta.)* No hay más que vérmela puesta. En cambio, la mitra no me acaba de convencer... Qué quieres que te diga... Me parece alta en demasía...

Fray OdranoeL: Acorde con vuestra cabeza, señor...

Rey Alfonso *(se atraganta y tose escandalosamente).*

Diego Gelmírez *(preocupado)*: ¿Algo os desagrada, majestad?

Rey Alfonso *(hace esfuerzos para hablar)*: Sí... es que se me ha ido un trozo de empanada de berberechos por mal sitio y...

Diego Gelmírez *(sin hacer caso)*: ¿La mitra, quizás? Sí, seguro que es la mitra. Ya decía yo que me hacía parecer viejo y presuntuoso. *(Mirándose en el espejo de nuevo.)* Encima no combina con el cíngulo... ¡Dios Santo, qué desastre! ¿Y ahora qué va a ser de mí? Voy a hacer el ridículo. Dentro de varios siglos se hablará de lo mal que me sentaba la mitra en las justas de vuestra majestad...

Conde de Traba: Gelmírez, no será para tanto...

Diego Gelmírez: ¡Ah, no! Tú como no tienes que llevar ridículas mitras que te afeen... *(Hacia OdranoeL.)* OdranoeL, toma nota...

Fray OdranoeL *(abriendo un cuadernillo que lleva colgado del cuello y empuñando la pluma de ganso)*: ¿Qué va a ser ahora, señor?

Diego Gelmírez: Toma nota bien clara: en el día del Señor de tantos de tantos de tropecientos tantos, Diego Gelmírez, arzobispo de Compostela, asistió a las justas del rey haciendo gala de su elegancia habitual. Pero un canónigo malandrín, enviado por la diócesis rival de Braga...

Fray OdranoeL: ¿Otra vez los de Braga, señor? Pero ¿qué mal os han hecho, los pobres?

Diego Gelmírez: Tú copia y calla. Pero un canónigo malandrín y perverso, enviado por la envidiosa diócesis rival de Braga, con arteras mañas, cambió la preciosa mitra de oro y piedras preciosas, a juego con el cíngulo de perlas del prelado, por una *(mira y remira su mitra con repugnancia)* horrenda montera impropia de su rango y calidad, para escarnio del admirado arzobispo. El pueblo de Villa del Rey, conocedor del agravio, llegó a las puertas del castillo de su majestad exigiendo justicia y reparo del mal cometido que...

Rey Alfonso *(vuelve a atragantarse con [illegible] nada)*.

Diego Gelmírez: Disculpad un momento, majestad... Es que es para mi Historia Compostelana y temo que se me olvide, lo cual resultaría fatal. Ahora mismo terminamos...

Conde de Traba: Lo que se va a terminar es la paciencia del rey, Gelmírez...

Diego Gelmírez *(preocupadísimo)*: Pe... pe... pero ¿por qué? ¿Acaso no está buena la empanada que os he traído, señor? Mirad que también la hay de bacalao con pasas, de picadillo con pimientos de Padrón, o de lamprea de mis pesqueras del Sar, la cual, para mi gusto, es la mejor...

Rey Alfonso *(quiere hablar, pero no es capaz de tragar el bocado que aún tiene alojado en la garganta).*

Conde de Traba: No presumas tanto de las pesqueras, que a lo mejor el Sar pronto deja de ser tuyo...

Diego Gelmírez *(irritado y temeroso)*: ¿Por qué dices eso ahora? ¿Acaso me estás amenazando? A mí amenazas, no, eh... Mira que te pongo verde en mi crónica, tú verás si te tienes que avergonzar de lo que tendrán que estudiar sobre ti en las escuelas dentro de cientos de años. *(Adoptando un tono oficial.)* Y el malvado conde de Traba, otrora fiel colaborador del gran arzobispo Gelmírez, osó en presencia del rey... Toma nota, OdranoeL.

Rey Alfonso *(que finalmente puede volver a hablar)*: ¡¡Ya estoy harto!!

Diego Gelmírez *(temblando de miedo)*: Pero majestad, yo sólo...

Conde de Traba *(encantado)*: Donde las dan, las toman, Dieguito...

Rey Alfonso *(limpiándose con una esquina de su capa)*: Sí, ¡¡ya estoy harto!!

Diego Gelmírez *(aterrado)*: ¿Eso qué quiere decir, majestad? ¿No... no... pretenderéis desarzobispocompostelanizarme sólo porque...?

Conde de Traba: Caliente, caliente...

Rey Alfonso: Sí, caliente estaría mejor...

Diego Gelmírez *(fuera de sí)*: ¿Qué decís? ¿Quemarme? ¿Queréis mandarme a la hoguera? Por las herraduras del caballo blanco del Señor Santiago, majestad, yo sólo...

Rey Alfonso: Caliente estaría mejor, tiene razón el conde de Traba. Pero teniendo en cuenta que vino desde Compostela...

Diego Gelmírez *(arrodillándose ante el rey)*: Compostela es y será siempre vuestro feudo más fiel, majestad. Y os prometo que el voto de Santiago de este año irá a parar en su totalidad a vuestras arcas. Y también unas cuantas docenas de reliquias de nuestra catedral, si es necesario, pero no me desarzobispocompostelanicéis, señor...

Rey Alfonso *(que no acaba de entender nada, mientras Gelmírez habla sin parar, y hacia el conde de Traba)*: Pero ¿a éste qué es lo que le pica?

Conde de Traba: La mitra, señor, que parece ser que le hace daño en la cabeza...

Rey Alfonso: Si yo sólo le estaba diciendo que, por ahora, ya estoy harto de empanada de berberechos: aunque si estuviera caliente, quizás me animaría a comer otro pedazo...

Diego Gelmírez *(arrastrándose)*: Perdonadme, señor, os lo suplico por la memoria de vuestra santa madre doña Urraca, que en gloria esté...

La urraca grazna sin parar y empieza a picotear la espalda del arzobispo, tirado en el suelo.

Rey Alfonso: Tranquilizaos, Gelmírez, tened paz... La próxima vez la calentamos y ya está... No os aflijáis más.

Diego Gelmírez *(levantándose)*: Entonces... entonces... ¿sigo siendo arzobispo de Compostela para siempre jamás?

Rey Alfonso: Por mí, sí... Mientras haya empanadas tan ricas...

Diego Gelmírez *(encantado, hacia OdranoeL)*: ¿Has oído eso, OdranoeL?

Fray OdranoeL *(resignado)*: Ya. Tomo nota...

Diego Gelmírez *(retórico, empieza a dictar)*: Entonces, el arzobispo Gelmírez, llevado por su arrojo y valentía, consiguió del rey Alfonso el privilegio perpetuo para Compostela de ser la proveedora real de la empanada de berberechos, que tanto le gustaba al gran monarca de Galicia, León y Castilla... etc., etc., etc...

Mientras Gelmírez se extiende en sus peroratas, el rey Alfonso y el conde de Traba atienden la llegada de Dorotea, que entra en escena.

Dorotea *(haciendo una reverencia ante el trono real)*: Majestad...

Rey Alfonso: Di, Dorotea, ¿baja ya tu señora...? Mira que llegamos tarde a las justas.

Dorotea: Majestad, la reina me manda comunicaros que persiste en su deseo de permanecer en la torre y no asistir a las justas con vos...

Conde de Traba: ¡¡Diantre de mujer!! Mira que es caprichosa...

Rey Alfonso *(casi llorando)*: Pero... ¿por qué no quiere venir?

Dorotea: A la reina no le molan... no le agradan las justas, majestad; ya os ha dicho en muchas ocasiones que no le gustan ni las armas ni la sangre. Además, este fin de semana quería ir al concierto de los «Rollingus Stonicus» con vos y...

Rey Alfonso *(sorprendido)*: ¡Ostras, el concierto! Se me había olvidado por completo...

Dorotea: ... y finalmente, majestad, la reina no va a bajar porque ni quiere ni le da la gana.

Así que, con vuestro real permiso... *(Dorotea sale de escena.)*

Conde de Traba: Señor, esto no puede seguir así... La reina se niega a reinar, y vos no hacéis nada...

Rey Alfonso *(levantándose del trono y buscando algo de comer entre sus ropas; finalmente encuentra un enorme helado, y empieza a comerlo mientras habla)*: ¡Bah! A veces hasta le doy la razón, conde. Esto de reinar es muy aburrido...

Conde de Traba: Pero, majestad, el pueblo se revolverá contra vos si sabe que...

Rey Alfonso: Este helado de fresa sabe riquísimo, conde. ¿Queréis una chupada?

Conde de Traba: ¿De fresa decís? Es mi favorito...

Diego Gelmírez: Yo también quiero, señor... *(Mirándose al espejo.)* Aunque, pensándolo bien, el helado engorda tanto... ¿Tú qué dices, OdranoeL?

Fray OdranoeL: Yo digo que sabe mejor el de tutti-frutti, para mi gusto...

Rey Alfonso *(buscando en su túnica)*: ¡¡De ese sabor también tengo!! Marchando helado de tutti-frutti para los de Compostela...

Diego Gelmírez *(maravillado)*: ¿Has oído lo que acaba de decir el rey, OdranoeL? Escribe, escribe...

Fray OdranoeL: Pero señor...

Diego Gelmírez *(retórico)*: Ítem digo que no pareciéndole suficientes los privilegios reales para los villanos de Compostela, el rey concedió, por mediación de su bien amado arzobispo Gelmírez, la regalía de helado de tutti-frutti para todos los moradores de la ciudad del Apóstol que...

Se cierra el telón.

Escena 3

Con el telón cerrado.

Aparecen por la derecha Isidora y Eleonora, cargando con una gran cesta en la que va metido el vestido que estuvieron preparando en el primer acto.

Isidora: Te digo que no es una buena idea, Eleonora.

Eleonora: ¿Por qué no? De un tiempo a esta parte, todas mis ocurrencias te parecen malas.

Isidora: ¿Y qué le voy a hacer si lo son?

Eleonora: Cuando reinaba doña Urraca y yo era su mano derecha, todo lo que salía de mi boca te parecía palabra de sabio... Mucho han mudado los tiempos, amiga mía.

Isidora: Entonces aún no habías perdido el poco juicio que siempre has tenido. O sería que parecía que tenías más. Aunque al lado de doña Urraca, hasta el más necio era doctor...

Eleonora: ¡Así te coman los demonios por lo que acabas de decir, desagradecida!

Isidora: Ay, no me marees ahora con demonios, Eleonora, y dime qué diantre quieres que hagamos con esta cesta...

Eleonora: Si hubieras atendido a lo que te he dicho, no tendría que repetírtelo mil veces.

Isidora: ¿Acaso sigues pensando que es buena idea eso que pretendes?

Eleonora: Tan buena como las mejores. Doña Berenguela no puede faltar a las justas y dejar solo al rey Alfonso. La difunta doña

Urraca se removería en su sepulcro si lo llegara a saber...

Isidora *(haciéndose cruces)*: Ay, lagarto, lagarto... Sólo de pensar que doña Urraca pudiera remover algo aún, ya me blanquea el pelo.

Eleonora: Además, ¿te parece bonito que el rey aparezca solo mientres la reina se queda ahí arriba *(señala hacia las alturas)* tan campante?

Isidora: Bonito no será, pero...

Eleonora: Ni pero ni pera... Doña Berenguela va a bajar a las justas como me llamo Eleonora. Si no baja por la escalera, bajará con la cesta... *(Mirando hacia arriba, grita.)* ¡¡Ah, de la torre!!

Dorotea *(se oye sólo su voz desde la parte alta del escenario, o bien su cabeza puede asomar)*: ¿Quién va?

Eleonora: Somos Eleonora e Isidora, amas de su majestad...

Dorotea: ¡¡Sapos y culebras!! Ahí están esas dos brujas... *(Cambiando el tono.)* ¿Y qué os trae por aquí, mis señoras?

Isidora: La puerta de la escalera que conduce a la torre está cerrada, Dorotea.

Dorotea: Ya lo sé. Cerrada está por orden de doña Berenguela.

Eleonora: Tirad pues la cuerda para haceros llegar unas viandas frescas que serán del agrado de nuestra reina...

Dorotea: La reina tampoco va a almorzar hoy.

Eleonora *(a gritos hacia arriba)*: Qué pena que no quiera recoger lo que le traemos. La tarta de almendras azucaradas con melindres de Melide está de rechupete.... *(Hace como si untase un dedo en una tarta imaginaria y la probase).*

Isidora *(reprimiendo las carcajadas con una mano, con la que se tapa la boca).*

Eleonora *(a gritos)*: Hummmm... ¡Cosa tan deliciosa! Lléveme el diablo si he probado algo que se le parezca... Pero si no la queréis, daremos buena cuenta de ella nosotras.

Dorotea: ¿Habéis dicho que tiene melindres de Melide?

Eleonora: De los más ricos y crujientes.

Dorotea: Eso despierta la nostalgia en mi paladar. ¡Hace tanto que no pruebo los melindres de mi pueblo natal!

Eleonora: Seríais necia si no lo hicierais hoy. Pero no lo penséis durante mucho rato, porque entre tanto nosotras podríamos acabar con este bocado exquisito…

Dorotea: Está bien... Ahí va la cuerda.

Eleonora *(en voz baja)*: ¡Nos saldremos con la nuestra, Isidora! Por algo dicen que la gula abre las puertas más cerradas.

Baja una cuerda desde arriba. En un extremo tiene un gancho; del otro se encarga Isidora. Entre tanto, Eleonora se mete en la cesta y la engancha al garfio.

Eleonora *(en voz baja)*: En cuanto esté arriba le arranco la llave a esa atolondrada y te la bajo en la cesta para que entres.

Isidora: Esto es una locura, Eleonora. Ya no estamos en edad de jugar a la cuerda.

Dorotea: ¿Esa tarta sube o no?

Eleonora *(hacia arriba)*: ¡¡Sube como la espuma!! *(A Isidora.)* Tú tira y calla. Hoy el rey va a sentirse orgulloso de nosotras. Y doña Urraca nos bendecirá desde el otro mundo.

Isidora *(gritando hacia arriba)*: Empezad a darle a la manivela de la roldana, Dorotea. Que desde abajo ya tiramos nosotras.

Isidora empieza a tirar de la cuerda con todas sus fuerzas, y Eleonora va subiendo dentro de la cesta.

Escena 4

Entra fray OdranoeL por la izquierda, cargado de planos, pergaminos, cintas de medir y escuadras.

Fray OdranoeL *(sin reparar en Isidora, que sigue tirando de la cuerda con gran esfuerzo)*: A ver si consigo hacer ese artefacto elevador que me ha pedido la doncella de la reina por medio del último correo de su majestad. A mí me parece una solución arcaica. Si me dejasen, yo aquí pondría aquellas escaleras que andan solas con las que soñé el otro día, y por las cuales el arzobispo Gelmírez me colgó un cencerro al cuello y me obligó, de tal guisa, a dar catorce vueltas alrededor de la Quintana de Muertos. Pero donde hay patrón... Además, yo por doña Berenguela haría... haría... hasta unas alas de ángel para ella, si las necesitase. Es la única que aprecia mi ciencia. La única que respeta mi saber. La única que no se ríe de mis fracasos. La única que confía en que algún día tendré éxito. Ya sólo por eso, yo a la reina la quiero y la respeto. Y si me dice que desea un ascensor, pues voy y lo invento, que para eso soy un genio, aunque no lo quieran reconocer. ¡Pero algún día, algún día...! *(En ese momento repara en Isidora, que está a punto de caerse y soltar la cuerda.)*

Isidora *(jadeando)*: Algún día me podríais echar una mano, fray OdranoeL. Y si ese día es hoy, mejor que mejor.

Fray OdranoeL *(corriendo a ayudarla)*: Pero ¿qué estáis haciendo, mi señora? ¿Acaso hoy es el día de las penitencias?

Isidora: Mi penitencia va metida en esa cesta, señor. Y como no logremos subirla, será mis huesos rotos, también.

Están tirando entre los dos, y parece que la cosa marcha bien. De repente, la paloma Rula cruza volando la escena y, detrás de ella, a más velocidad, viene la urraca. Ésta consigue alcanzar a la primera, darle caza y tirarla al suelo entre piídos lastimeros y graznidos amenazadores.

Fray OdranoeL *(olvidándose de la cuerda y corriendo a socorrer a la paloma)*: ¡Oh, masacre! ¡Oh, perdición!

Isidora *(tambaleándose)*: ¿Qué hacéis, insensato? Venid aquí, por caridad.

Fray OdranoeL: Mal agüero es este de una urraca que ataca a una paloma. Agüero de que una gorda puede estar a punto de caerle encima a alguién.

Efectivamente, las palabras de fray OdranoeL son premonitorias, y la gorda Eleonora se cae, con cesta incluida, sobre la pobre Isidora, tirándola por el suelo y provocando un concierto de quejidos.

OdranoeL *(absolutamente sorprendido)*: ¡Cáspita! Para que después me vengan diciendo que no doy una.

Se hace la oscuridad y el silencio.

Escena 5

En la oscuridad reinante, se oyen trompetas solemnes y rítmicos tambores que tocan una marcha. El telón se va abriendo lentamente y deja a la vista la plaza del castillo, donde se están celebrando las justas. Está decorada con banderolas de muchos colores y formas, guirnaldas florales, hachones encendidos y pendones. En el centro de un estrado está sentado el rey Alfonso, que da cuenta de un enorme muslo de pollo que también le sirve de cetro. Tiene a su izquierda al conde de Traba, muy ocupado en espiarlo todo con la ayuda de un enorme catalejo; a la derecha del rey se ve el asiento vacío en el que tendría que estar acomodada doña Berenguela. A la derecha de éste, se sienta el arzobispo Gelmírez, que luce una mitra mucho más pomposa y llamativa que la anterior y no para de saludar, poner caras de pose o lanzar bendiciones episcopales a diestro y siniestro. Sobre la arena de combate, dos jinetes a caballo compiten por derribarse mutuamente con sus larguísimas lanzas.

Conde de Traba: Las justas están resultando espléndidas, majestad.

Rey Alfonso *(con la boca llena, asiente).*

Diego Gelmírez: Cierto, conde. Espléndidos jinetes, espléndidos caballos, espléndida decoración...

Rey Alfonso: ¡Y espléndido muslo! ¿Los pollos suelen tener dos, no? ¿Por dónde anda el segundo? *(Lo rebusca hasta que lo encuentra.)*

Conde de Traba: Lástima que la reina no esté con nosotros...

Rey Alfonso: ¡Bah! Pobrecilla, a ella no le gustan estas cosas de caballos. Ve un corte en un dedo, y ya se pone mala...

Conde de Traba: Lo malo es que hoy todos están pendientes de nosotros...

Diego Gelmírez: Más bien estarán pendientes

de mí, conde. Finalmente he sido capaz de hacerme con una mitra digna de mi vestuario. Estoy hecho todo un arzobispo...

Conde de Traba: Tenemos que solucionar de una vez por todas el problema de doña Berenguela, majestad. Su ausencia no puede seguir dejándonos en evidencia ante el pueblo.

Rey Alfonso: Tampoco será para tanto...

Diego Gelmírez: A mi pesar, tengo que darle la razón al conde, majestad. La reina debería estar aquí. No entiendo cómo no desea salir y enseñar su belleza envuelta en ropajes de lujo.

Rey Alfonso: Ella es así. No hay que darle más vueltas...

Conde de Traba: Al contrario, señor. Hay que darle todas las vueltas posibles.

Rey Alfonso: Me vais a marear con tantas vueltas. Y ya sabéis que la comida no sienta bien mareado.

Diego Gelmírez: En Compostela rezamos todos los días para que la reina mejore. Bien lo sabe Dios...

Conde de Traba: Quizás sea cuestión de los médicos del cuerpo, no de los de las almas.

Rey Alfonso: ¿Médicos, decís? Ni me los mentéis. Siempre pretenden ponerme a régimen. ¡Qué insensatez! Sus cabezas sólo sirven para decorar el salón del trono, después de decapitarlos por inútiles.

Conde de Traba: Yo creo que el mal de nuestra reina está en su cabeza, señor. Con todos mis respetos...

Rey Alfonso: ¿Estáis diciendo que mi esposa está loca?

Conde de Traba: Jamás osaría insinuar tal, majestad. Sólo pienso que, simplemente, doña Berenguela no nació para ser reina...

Rey Alfonso: No es que naciese o dejase de nacer. Es que no le gusta ser reina. En los gustos no podemos mandar. Por ejemplo, a mí tampoco me entusiasma el jabalí estofado y prefiero que simplemente me lo cuezan con patatas.

Diego Gelmírez: Con mis respetos, majestad... Reinar no es comer.

Rey Alfonso: ¿Ah, no...? ¿Entonces yo qué hago?

Conde de Traba: Vos tenéis un apetito excelente, majestad.

Rey Alfonso: Otra vez habéis dicho la verdad. *(Mirando a su alrededor.)* ¿Ha quedado por ahí algo de tarta de Santiago?

Mientras el rey se sirve una ración de tarta, el conde de Traba y el arzobispo Gelmírez hablan en voz baja por detrás del trono.

Conde de Traba: Convendrás conmigo en que esta situación no se puede mantener más...

Diego Gelmírez: Por segunda vez vuelvo a estar de acuerdo contigo, aunque a regañadientes... Pero ¿qué se puede hacer?

Conde de Traba: Dime una cosa, Diego. ¿No crees que a tu catedral de Santiago le vendría maravillosamente bien tener un panteón real? Una rica capilla, noblemente decorada, en la que los reyes y las reinas durmieran su sueño eterno...

Diego Gelmírez: Oh, eso sería magnífico, pero...

Conde de Traba: Ya estoy viendo las colas de

peregrinos queriendo venerar el cuerpo de una reina joven y hermosa, muerta quizás con fama de santa...

Diego Gelmírez: Más reliquias santas... Oh, sí, por supuesto... Pero... ¿no estarás pensando...? No, no, por Dios...

Conde de Traba: Imagina: un hermosísimo sepulcro con la estatua dormida de la bella doña Berenguela...

Diego Gelmírez: No y no... Sería un crimen horrible...

Conde de Traba: ...y tú pasarías a la historia como el promotor de ese panteón real, que tanto engrandecería tu catedral.

Diego Gelmírez: ¿Yo? Eso suena bien...

Conde de Traba: Sí, tú, el gran Diego Gelmírez.

Diego Gelmírez *(permanece en silencio, como soñando):* Sí... pero... no...

Conde de Traba: Recibirás noticias mías, Diego. Ahora disfrutemos de las justas.

Diego Gelmírez: Eso, disfrutemos...

Cae el telón lentamente.

ENTREACTO

Con el telón bajado. Un foco ilumina un círculo sobre el telón. Allí, sentados uno al lado de la otra, en actitud confidencial, aparecen el viejo de las palomas y la niña Paloma, que escucha lo que el anciano le está contando.

Viejo de las palomas: Y fue así como el halcón se alió con el cuervo para, ayudando a la urraca, acabar con la paloma. La historia, pequeña mía, está repleta de vencidos que se olvidan y de vencedores que escriben las crónicas que les conviene contar. Los muertos callan para siempre. Pero en el caso de la reina Berenguela, no todo les salió tan bien. No contaban con que la reina era dé-

Q

bil, pero, en el fondo, más poderosa que todos ellos juntos. La bondad, pequeña, puede siempre sobre el mal, siempre, siempre...

Las palabras del viejo de las palomas se apagan, y lo mismo sucede con la luz.

ACTO III

Escena 1

Se abre el telón.

La escena representa el aposento de doña Berenguela, en lo alto de la torre. Se trata de un cuarto hermoso y sencillo, con una gran balconada gótica abierta al este, una cama muy blanca y muy alta, colocada longitudinalmente, de forma que el espectador sólo la vea de lado; una chimenea en la que arden unos troncos; muchos códices amontonados en un estante pegado a la pared, y flores blancas y velas del mismo color, encendidas por todas partes. Cerca de la cama, hay un arpa de marfil. En primer plano, muy destacadas y visibles, se ven unas preciosas alas blancas, como de ángel.

Es de noche. Al otro lado de la balconada abierta, se divisan la luna y las estrellas.

Doña Berenguela *(de pie, junto a la balconada, mirando hacia fuera)*: La noche es un regalo. Esta tranquilidad. Este silencio. Saber que hay miles de personas que miran ahora, como yo lo estoy haciendo, una luna y unas estrellas que, quizás, ya no están en ninguna parte. Pero que siguen ahí, para que nosotros conservemos la ilusión de que existen. Hermoso. Vale la pena vivir para ver el milagro de la noche esparciendo su velo de sombras sobre el mundo. En el reino de las tinieblas, no lucen las alhajas de los poderosos, ni a los pobres de solemnidad se les ve la mano tendida en actitud de limosna. Un rey es un ser absolutamente indefenso en la negrura de la noche. Y los ojos de un gato, la mejor de las prendas del niño que nada tiene, pero que todo lo ve. La noche. Esta noche. Mi noche. Sí, sin duda soy feliz cuando llega la noche y olvido los ruidos del mundo que no quiero vivir, que no puedo vivir. Ese mundo falso que no entiendo, que no me entiende... Ese mundo repleto de ruindad. En la noche, en cambio, me visita la verdad. Desde hace algún tiempo, mis noches se hacen de alas de paloma blanca. Oigo el aleteo y sé que voy a ser un poco más feliz. Alguien prende en las patas de la paloma un rollito con un poema para mí. Esas palabras me dicen que soy hermosa, que soy soñada, pero sobre todo, que soy querida. Que hay alguien que piensa en Berenguela y se olvida de la reina.

Y yo me pregunto, me lo preguntaré siempre: ¿quién eres?, ¿dónde habitas?, ¿existes de verdad o simplemente eres una fábula más de esta mujer a quien llaman loca y que quizás esté loca de verdad? Ya no sé...

Seas quien seas... óyeme una cosa: me das la vida. Vale más un poema tuyo que el reino entero de mi pobre Alfonso, ese hombre ingenuo que no me conoce y al que no conozco. Al que ya nunca conoceré, a pesar de ser mi esposo. Casados él y yo a la fuerza, en bodas con coronas, pero sin corazones... En cambio, a ti, que no sé quién eres, te conozco lo suficiente como para permanecer despierta y levantada en espera de tu paloma. Noche tras noche.

Pero ya hace varias que no vienes. ¿Te ha sucedido algo? Dime: ¿Te has muerto? ¿Se ha muerto tu poesía? ¿Me he muerto yo y todo esto no es más que un sueño de alguien que imagina que existimos de verdad?

No lo sé, quizás nunca lo pueda saber. Esa palabra... nunca... siempre me ha dado miedo.

Doña Berenguela se va dejando caer hasta quedar sentada en el suelo. Apoya la cabeza contra la balconada y se queda mirando a la noche.

Escena 2

Se oye un gran alboroto de pies que suben escaleras. Los gritos de Dorotea llegan al cuarto de doña Berenguela.

Dorotea: ¡Señora! ¡Señora! ¿Estáis dormida? ¡Despertad!

Doña Berenguela *(incorporándose)*: No duermo, Dorotea. ¿Qué acontece? ¿Por qué gritas?

Entra en escena Dorotea, que trae consigo a la dama Isidora, toda maltrecha, cojeando, cubierta de vendas que le cubren las heridas.

Dorotea: Señora, la dama Isidora me ha pedido subir. Quiere hablar con vos. Parece ser algo urgente...

Isidora *(que apenas puede hablar)*: Majestad, yo...

Doña Berenguela: Santo Dios, ¿qué os ha sucedido, Isidora?

Isidora: Fue un accidente fatal del otro día, al pie de vuestra torre, cuando Eleonora y yo tramábamos una de nuestras fechorías contra vos. Pero eso ahora ya no cuenta... Majestad, estáis en peligro... *(Empieza a toser y no puede seguir hablando.)*

Doña Berenguela: Tranquilizaos, Isidora, tranquilizaos. Dorotea, trae un poco de agua para la dama.

Isidora: Os agradezco el ofrecimiento, señora, pero... es demasiado tarde. La muerte puede estar subiendo los escalones de la torre más rápido de lo que corre mi voz.

Dorotea *(que vuelve con agua)*: ¡La muerte!

Doña Berenguela: Dorotea, ayúdame a acostar a la dama Isidora en mi lecho. Estará mejor...

Isidora: No, majestad, no hagáis eso. No debo acostarme en el lecho de una reina. No soy digna...

Doña Berenguela: Es el lecho de una mujer, Isidora. Acostaos e intentad serenaros...

Acuestan a la dama Isidora en la cama.

Isidora: Majestad, estad prevenida. Hay un complot contra vos. Debéis huir ahora, si ya no es tarde.

Doña Berenguela: ¿Huir? ¿Adónde?

Isidora: A lugar seguro, reina. Abajo hay una carreta esperando por vos. Fray OdranoeL intentará esconderos en un convento próximo.

Doña Berenguela: Fray OdranoeL, mi buen amigo. Hizo para mí esas alas, ¿las veis?

(Señala las alas de ángel.) Él está convencido de que con ellas se puede volar... Mi buen fray OdranoeL... No, ni siquiera con sus alas creo que haya lugar adonde huir...

Isidora: Lo hay, señora. Y cuando pasen unos días emprended viaje a Barcelona, a los dominios de vuestro padre, el conde.

Doña Berenguela *(con tristeza)*: Barcelona... mi padre... Yo ya no soy de ninguna parte, Isidora.

Se oye un estruendo en los bajos de la torre, como de gente que intenta derribar una puerta.

Dorotea: Ese ruido... Ya están abajo.

Isidora: Señora, por Dios, huid...

Doña Berenguela *(llevándose una mano a los labios para indicar silencio)*: Calmaos. Silencio. El silencio logra repararnos las almas rotas. Y la vida que se nos cae. Y la muerte que llega.

Isidora y Dorotea *(a un tiempo)*: Majestad, por favor...

Sonriendo, doña Berenguela les vuelve a pedir que guarden silencio. Se sienta ante el arpa de marfil y em-

pieza a cantar una suave canción, acompañada de la música del instrumento. Mientras ella canta, un velo blanco y dorado, como una telaraña, se va desprendiendo del techo y cae suavemente sobre las damas Isidora y Dorotea, que se quedan plácidamente dormidas.

Doña Berenguela:

El sí y el no
dos palabras son.
La vida y la muerte
¿qué son?
Son posada,
son destino.
Son destierro
o salvación.
Ya no, o sí,
si son,
no sé si son
camino,
perdición
míos son,
míos son.

Se cierra el telón.

Escena 3

Con el telón bajado.

Entran en escena la dama Eleonora, también totalmente maltrecha y herida, que se apoya en el brazo de fray OdranoeL. Los dos caminan nerviosos.

Eleonora: ¿Por qué tardarán tanto?

Fray OdranoeL: Estarán recogiendo algo para el viaje... Tened un poco de paciencia.

Eleonora: Esto sucede por mi culpa, padre. Nunca he querido a doña Berenguela.

Fray OdranoeL: No os culpéis. Vos no habéis convocado a la sombra de la muerte...

Eleonora: Pero tampoco la espanté. Siempre tramé contra la reina. Pero esto que pretenden... No, no podemos permitirlo.

Empiezan a golpear contra una puerta imaginaria con palos y palancas.

Voces desde fuera: ¡Abrid si no queréis que derribemos la puerta!

Eleonora: Ahí están... ¡Oh, Dios! Ya es demasiado tarde... Y ellas que no bajan. ¿Qué diantre estarán haciendo ahí arriba tanto tiempo?

Fray OdranoeL: Subamos a ver qué acontece...

Eleonora: Id vos delante. Yo estoy demasiado coja...

Fray OdranoeL: ¿No tendréis miedo de quedar sola?

Eleonora: Todo el del mundo. Pero vos tampoco me lo podréis evitar. Subid presto, padre, ya que podéis.

Fray OdranoeL: Está bien, bajo en seguida. *(Desaparece corriendo.)*

Eleonora: Qué frío y qué miedo tengo... Si salimos de ésta, voy a coserme la lengua al paladar con hilo de atar sacos...

Entra volando la urraca, que describe círculos alrededor de Eleonora.

Eleonora: ¡Lo que faltaba! Esta urraca otra vez aquí. Al final va a ser que tenía razón Isidora cuando decía que era un ave de mal agüero...

Doña Urraca *(en forma de urraca y con voz de pajarraco)*: ¡Ruin! ¡Bellaca! ¡Muerte! ¡Muerte! ¡Muerte!

Eleonora *(temblando de miedo)*: ¿Quién anda ahí, quién habla?

Se produce un estruendo seguido de un relámpago y la urraca se convierte en la reina doña Urraca, tal como fue descrita al inicio.

Eleonora: ¡¡Doña Urraca!! Majestad, vos... *(Se cae de bruces, aterrada.)*

Doña Urraca: Sí, soy yo, descastada. Te di de comer en mi plato y así me lo pagas, ¿queriendo ayudar a esa usurpadora que mancha mi trono?

Eleonora: Señora, yo no...

Doña Urraca: Tú sí... Todos, todos vosotros habéis olvidado quién es la verdadera reina. Por eso volví de los infiernos y os he estado rondando en forma de urraca. Y ahora disponte a acompañarme.

Eleonora: No, majestad, no.

Doña Urraca alza una mano y en ese momento se produce un estruendo seguido de un relámpago, como antes. Tras él, comprobamos que Eleonora ha quedado convertida en urraca.

Doña Urraca *(rencorosa, riendo a carcajadas)*: Bienvenida de nuevo a mi cortejo, Eleonora. Espero que te guste tanto usar las alas como esa lengua de víbora que tienes.

Eleonora *(emite algunos graznidos desesperados).*

Doña Urraca: ¡¡Cierra el pico, bastarda!! *(Intenta pisotearla.)* No oses replicarle a tu reina. Y ahora... ¡a volar! *(Mira hacia arriba.)* Hay una usurpadora ahí arriba que hoy tiene que morir...

Se repiten el estruendo y el relámpago, y doña Urraca queda convertida de nuevo en urraca. Emprende el vuelo seguida de la otra urraca, y desaparecen de escena volando hacia arriba.

Escena 4

Se abre el telón.

En la escena aparece representado un paisaje nocturno en el que destaca la imponente presencia de la torre de doña Berenguela, vista desde fuera. En la parte superior, se ve la balconada iluminada y a doña Berenguela sentada en la balaustrada de piedra, con las piernas hacia fuera. El viento de la noche hace revolotear tétricamente su largo cabello y las gasas de su vestido de hada. Enganchadas a los hombros con correas, lleva las alas de ángel diseñadas por fray OdranoeL.

Suena una música indefinida, como un sonido de viento, cuajado de tristeza e intensidad.

Doña Berenguela: Noche, aquí me tienes. Ya voy a ser tuya, como tantas veces te he prometido. Las palomas no regresaron, quizás ya no vuelvan más. Pero yo voy a volar. Hasta cuándo, hasta dónde... no lo sé. Espero que mi vuelo sea amplio al menos como una sonrisa. O como el brillo de una estrella muerta que, a pesar de todo, sigue brillando.

Doña Berenguela se lanza al vacío.

Comienza a volar lentamente, al son de la música. En realidad, es el viento de la noche el que juega deliciosamente con ella, meciendo su cuerpo. Se oye la risa de cascabel de doña Berenguela, libre y feliz por primera vez en su vida, y para siempre.

Desde la balconada superior de su aposento, contempla la escena Fray OdranoeL, convidado de piedra absolutamente perplejo y sobrecogido. Sigue la evolución de su vuelo. Y llega a sonreír. Quizás también llega a llorar con la emoción.

En ese momento, como dos saetas negras, cruzan el aire las urracas. Van en busca de doña Berenguela.

Fray OdranoeL: No, malvadas, asesinas, no hagáis daño a doña Berenguela. Dejadla volar libre, feliz por primera vez en su vida. Para siempre.

Se oye el graznido escalofriante de las urracas, que siega la noche.

Tras él, un grito de mujer joven. Y el golpe seco de un cuerpo que cae a tierra, tras unas matas.

Fray OdranoeL *(llorando)*: ¡¡Engendros del diablo, reinas de las tinieblas, reinas de las tinieblas!!

Se cierra el telón.

Escena 5

Por fuera del telón.

Se oye el andar cansino del caballo Sinforoso. Un silencio fúnebre lo envuelve todo. Sólo se oye su triste galopar en la noche.

Entra en escena, llevando sobre sí a un juglar Reinaldos abatido y desconsolado. No lleva laúd, ni cítara. Su hatillo va medio deshecho. Y de una anca de Sinforoso cuelga la jaula de madera, vacía.

Caballo Sinforoso *(con voz llorosa)*: Señor, ya no cantáis...

Juglar Reinaldos: ¿Y qué voy a cantar, Sinforoso? Se me ha muerto la vida.

Caballo Sinforoso: Arriba esos ánimos, señor. Vos sois un hombre gallardo y decidido, un artista tocado por la poesía por quien las damas suspiran... ¿No lo recordáis, señor?

Juglar Reinaldos: ¿Yo era todo eso?

Caballo Sinforoso: Así es. Aunque yo os contradijese un poco a veces, para bromear con vos.

Juglar Reinaldos: Si lo fui alguna vez, ya no lo recuerdo. Sólo sé que soy una carga sobre tus huesos cansados de caminar.

Caballo Sinforoso: Eh, ¿quién ha dicho cansado? Yo no...

Juglar Reinaldos: Yo sí, Sinforoso, yo sí.

Caballo Sinforoso: Ella, señor, se fue con la noche.

Juglar Reinaldos: Con la noche y por causa de las reinas de las tinieblas. Lo mismo le pasó a nuestra pequeña Rula. ¿Recuerdas cuando la encontramos destrozada al pie de la torre, aquella primera noche de nuestra llegada?

Caballo Sinforoso: ¿Cómo no he de acordarme, señor? Partía el corazón ver aquel cuerpecillo blanco teñido de sangre...

Juglar Reinaldos: Matar a una paloma con un

poema atado a una pata. No sé... parece como haber matado dos veces...

Siguen caminando en silencio. Sólo se oyen los cascos del caballo.

Caballo Sinforoso: ¿Y ahora, señor? ¿Hacia dónde vamos?

Juglar Reinaldos: A Compostela, Sinforoso.

Caballo Sinforoso: ¿Hay allá nuevas justas, señor?

Juglar Reinaldos: No, Sinforoso. Allá va a dormir ella para siempre. En la ciudad de la noche de estrellas. Una noche al año, ¿sabes Sinforoso?, dicen que el cielo de Compostela brilla tanto como si fuera de día...

Caballo Sinforoso: Será bonito verlo, señor.

Juglar Reinaldos: Así será, Sinforoso, así será...

Salen de escena por un extremo del escenario.

ACTO EPÍLOGO

Se abre el telón.

En escena aparece, en primer plano, una ventana abierta, con una niña de espaldas que mira por la ventana. Es Paloma.

Es de noche y, desde la ventana, se ve el perfil de la catedral de Santiago, con los fuegos del Apóstol llenando el cielo de luminarias. La niña sigue con atención la evolución de los fuegos, sorprendida.

De fondo, se oye la voz en off del viejo de las palomas que dice:

Viejo de las palomas: Por eso, una noche al año, en la noche en que Compostela brilla más llena de luz y de estrellas, ella, la reina Berenguela, vuelve a la vida y sale de la catedral. Parece que busca entre la gente a alguien, quizás a ese que ella amó por un poema, o que todavía ama. Quién sabe... Puede que sea uno de tantos viejos sombríos que arrastran los pies por las calles de Santiago. Con los ojos colgados de la noche más hermosa del mundo. La noche de la reina Berenguela.

Se cierra el telón

Xosé A. Neira Cruz nació en Santiago de Compostela en 1968. Escritor, periodista y traductor, es licenciado en Ciencias de la Información y en Filología Italiana por la Universidad de Santiago de Compostela. Como escritor ha ganado los premios Merlín (en los años 1988 y 2000), los premios O Barco de Vapor (en los años 1997 y 1999), el Premio Raíña Lupa (2002) y el Premio Lazarillo (2004), precisamente con esta obra. En 2001 se doctoró con una tesis titulada «Prensa infantil e escolar en Galicia», línea de investigación que mantiene en la actualidad, ampliada al contexto europeo, en la Facultad de Ciencias de la Comunicación de la Universidad de Santiago, en donde trabaja como profesor desde 1999. Fundador y director de la revista de literatura infantil *Fadamorgana*, es también director del área infantil y juvenil de la Editorial Galaxia. Entre los años 2000 y 2004 fue miembro del comité ejecutivo de IBBY y presidente del jurado internacional del premio IBBY Asahi Reading Promotion.

Kiko da Silva nació en Vigo en junio de 1979. Trabaja como humorista gráfico en el periódico *La Voz de Galicia* y en la revista *Mister K* que edita *El Jueves*. Es el responsable de las series «Clases con guasa» y «Turisteo». Publicó el cómic *Fiz nos Biosbardos*, que recoge la serie que vio la luz en la desaparecida revista *Golfiño*. Además escribe e ilustra sus propios cuentos, hasta el momento *Moncho e a mancha* y *¿Que contan as ovellas para durmir?* También ilustró otra obra escrita por Xosé Antonio Neira Cruz, *A memoria das árbores*.

ESTA EDICIÓN DE
La noche de la reina Berenguela
SE ACABÓ DE IMPRIMIR
EN BROSMAC